高砂

吳錦發〔著〕

TAKASAGO

【目錄】

序一　序吳錦發的史詩《高砂》／李筱峰 …………… 015
序二　高砂的呼喚／台邦・撒沙勒 …………………… 026
序三　東亞海洋視角下的英雄史詩／胡長松 ………… 030
自序　在有木漏的幽深地帶／吳錦發 ………………… 036

● 圍獵 ……………………………………………… 043
● 鼻笛 ……………………………………………… 049
● 海及子彈的舞蹈 ………………………………… 053
● 穿越魔之濕地 …………………………………… 061
● 鬼影兵隊 ………………………………………… 067
● 食牛肉與食人肉的兵 …………………………… 071
● 敵之武士道 ……………………………………… 075
● 慰安婦和遠方的基督 …………………………… 079

- 死亡奔跑 ……………………………………………… *085*
- へへ、まさかこんな終わり方になるとは……
  （嘿嘿，我竟然如此死了……） ……………… *091*
- 被神明「注文」生命的小俣洋三 ………………… *097*
- 猛虎的撲擊 …………………………………………… *101*
- 玉碎與審訊 …………………………………………… *105*
- 返鄉 …………………………………………………… *111*
- 共枕 …………………………………………………… *117*
- 終曲 …………………………………………………… *123*

在台東廳役所，出發前的第五回高砂義勇隊。

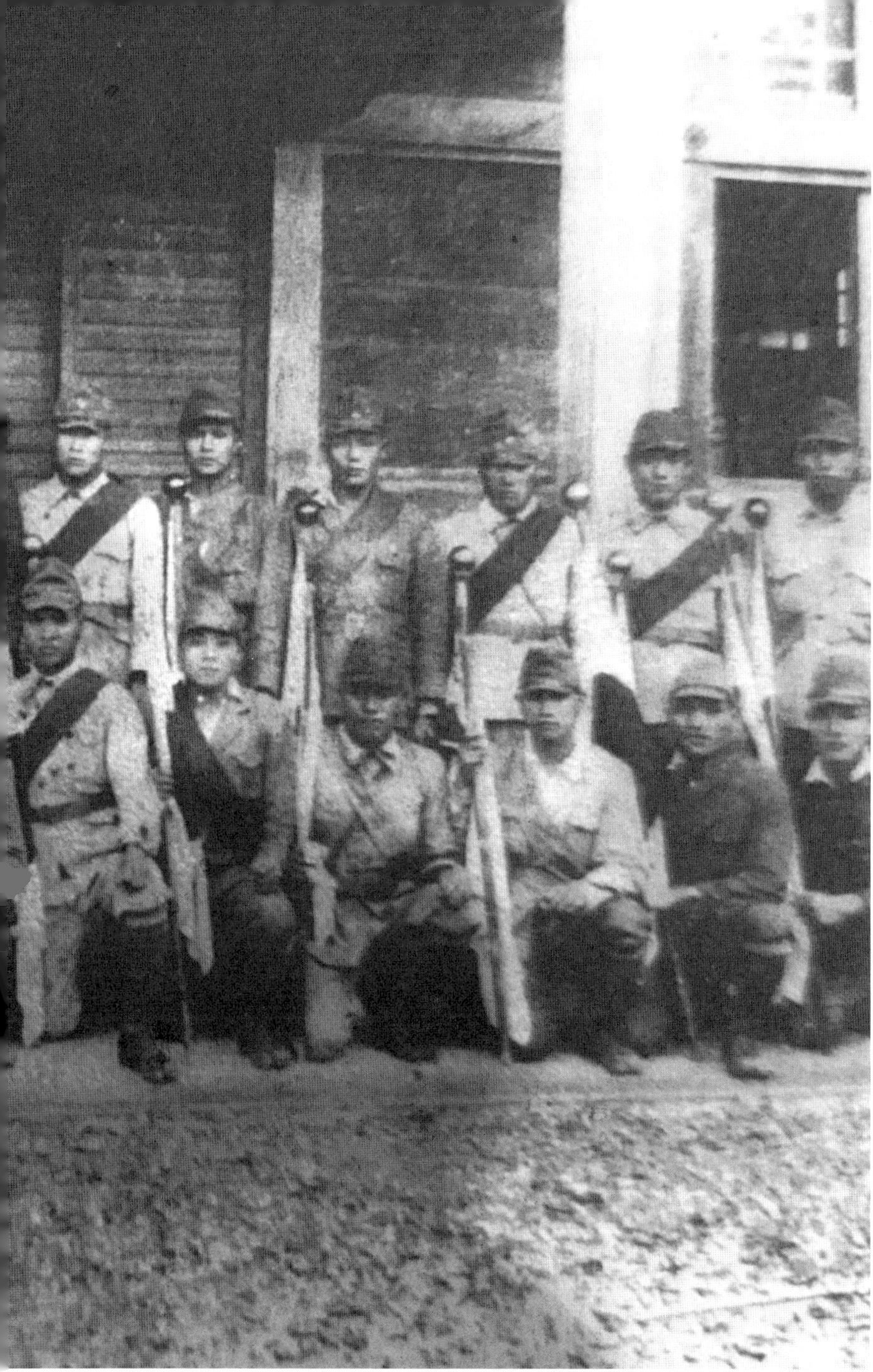

在新幾內亞的高砂義勇隊,每人還佩有番刀。

埋伏叢林的台灣高砂游擊兵。

コ島攻撃に參加

高砂義勇隊の活躍

【高雄電話】我が無敵皇軍の比島コレヒドール島敵前上陸作戰には高雄州出身高砂義勇隊も參加、コレヒドール島敵前上陸作戰に參加、軍當局より感狀が授與された、同義勇隊の指揮官村元巡查部長より當時の模樣がとの種屏東部守及ひ警務課長宛次の如く報告が來た

義勇隊の屛東出身者は比島上陸以來極めて元氣旺盛でバタアン半島並にコレヒドール島作戰に參加した、他の各部出身者は多少の凍死傷者があったが當屛東部出身者はマヌル一社、プタイ社、アンバカ社の三名が負傷したが何れも輕傷であつた、コレヒドール島敵前上陸に關しては村元以下高雄出身の高砂族十九名が決死の志願をしたところ軍より嘉納されたので〇月〇日午後十一時半根據地を出發惡戰苦闘の末遂に敵陣に斬り込み奮戰しました

戰の全畫敵降伏に依り皇軍の空陸の分列式は日本將兵に混つて我が高雄出身者も五名の負傷者を出した、高砂族は特異の活躍により軍より感狀を戴きました

《臺灣日日新報》報導來自臺灣各州的高砂義勇隊員參與科雷吉多島戰役。

《台灣日日新報》對高砂義勇隊戰況的新聞報導。

新幾內亞日軍徵調的朝鮮特別志願兵。

010

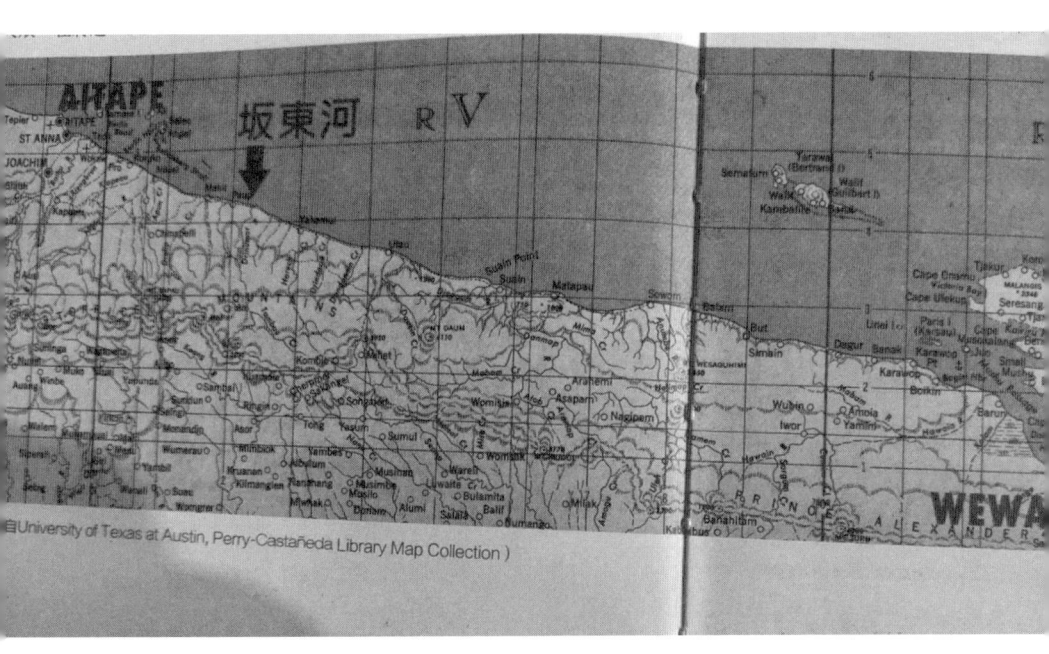

日軍和美澳聯軍在新幾內亞登陸大戰最激烈的地區，從艾塔佩（Aitape）到威瓦克（Wewak）之間的形勢圖。

在叢林中行進的澳洲兵。

戰死的日軍。

叢林中簡陋的日軍墳墓。

表一、屏東郡復原者名單

姓名	所屬部落	家屬姓名	關係
沖島榮	馬兒	Rusugurugu bikon	父
大山廣次	達來	Jigiruru aisu	妻
松井義夫	三地門	Tagiradan rairai	母
垣田海三	三地門	Darurupan rabausu	妻
木下太一	榮社(賽嘉)	Kaporo ringutsu	父
木谷繁	口社	Ruraden maruburubu	妻
山下正一	口社	Rarugan sararupu	母
村上信夫	青山	村上 airiku	妻
高見寬二	德文	Baorishi raobu	母
坂口昇	上排灣	Saruparu tarumasu	父
毅塚春吉	上排灣	毅塚 karumiyan	妻
向井良平	大社	Kaboaran kumunion	妻
本町豐	大社	Babungan pairipon	父
竹下正一	大社	Zumararatsu tautau	叔父

戰爭結束，一小部份的生還名單，當然也有陣亡名單。

序一
序吳錦發的史詩《高砂》

李筱峰

　　俄國文豪托爾斯泰，英國文豪蕭伯納，法國文豪雨果，中國文豪魯迅……，那麼，吳錦發呢？當然是台灣文豪吳錦發。

　　所謂文豪，其實就是文學家。文學家寫作的型式，不外小說、散文、劇本，及詩。但文學的價值，不止於其型式，更重要者，在其精神內涵。

　　台灣文豪吳錦發，作品的形式包括小說、散文、劇本，及詩，他都寫，數量亦豐，其藝術手法我無能置喙，但其精神則令我神往。

　　其精神為何？就以他最近完成的史詩《高砂》而言，我在拜讀之後，真有不能已於言者。

　　容我先從他這部史詩的名稱「高砂」破題。

　　日本大約在戰國時代稱呼台灣為「高山國」或「高

砂國」。日本金地院所藏的 1615 年《異國渡海御朱印帳》中，對台灣島的描述稱「高砂國」。據日本考古人類學家伊能嘉矩考證，「高砂」一詞的來源，係因早期停泊台灣的日本船隻都是在平埔族原住民的「打鼓山社」（或稱「打狗社」，在今高雄），「打鼓山」其音近似「高砂」（たかさご，TAKASAGO）。以後將台灣全島泛稱為「高砂」。日本領台後，原本稱呼台灣原住民為「高山族」，後來改稱「高砂族」，因此「高砂」遂成為台灣原住民族的代稱。

　　吳錦發的史詩《高砂》就是以台灣原住民在日治時代末期被徵為「高砂義勇隊」派到南洋參戰的歷史背景為題材所寫的詩篇。

　　日本領台以來，一直到在太平洋戰爭爆發（1941年 12 月）之前，台灣人都不需要當兵。倒不是日本人對台灣人特別優惠，而是對台灣人不放心。不過在中日戰爭爆發後（1937 年秋天起），日本人已開始在台灣徵用軍伕以擔負軍中雜役。日本的所謂「大東亞戰爭」是以南進為方向，東南亞的南島民族，與台灣原住民同種族，台灣原住民也頗能適應南洋的叢林地（誠如詩中

說的「叢林是高砂兵的家園」），因此日本首先動起台灣原住民的腦筋，徵用所謂的「高砂族」，組成「高砂義勇隊」。原先第一批稱為「高砂族挺身報國隊」，約500人於1942年3月赴菲律賓，因成功擊退巴丹半島的美軍，聲名大噪，以後改稱為「高砂義勇隊」。高砂義勇隊的派遣前後7次，皆被送往防堵澳、美聯軍的最前線新幾內亞作戰。估計約有3000人在此戰死！

吳錦發的史詩《高砂》，以三位魯凱族的青年庫里、卡魯庫、希熙里為主角。他們被徵召入高砂義勇隊，故事從三人出征前在故鄉最後的狩獵開始。「今日獵殺野豬，明日將獵殺敵人」。

希熙里的出身是魯凱族的平民，而他的情人杉瑪，是部落貴族的女兒，杉瑪靠在瀑布邊的老樟木旁，吹著鼻笛依依不捨為希熙里送行，用魯凱話向希熙里喊著：「你要給我活著回來！」

這三位「高砂」青年最後有沒有活著回來？我不想在這裡預先透露結局。且讓我摘錄吳錦發在史詩中的句子，鋪陳一下劇情的發展：

夜空仍在傾斜過來，傾斜過去
帝國戰艦在南太平洋無聲航行。

「野蠻な蕃人め！戦えるわけないだろう！」
（野蠻人怎麼有辦法打仗！）
高砂戰士被日本軍官用拳頭、軍靴糾正

滿載帝國戰士的地獄輸送船由馬尼拉來

帆布飛舞在空中，帳中高砂兵的殘肢掛上椰樹葉
高砂隊撿回同袍殘屍，割下食指頭作為遺骨將帶回台
　　灣！

廣闊數十公里，無一片乾地的紅樹林沼地。
高砂隊由矢羽田少尉領軍，上野保為小隊長進入魔域

晚無可紮營乾地，砍樹枝為巢，蚊蚋、螞蝗時時為患。
沿途輒見日軍枯骨雜佈，悚然驚怖

高砂義勇兵，緊急被組織為搜索隊、游擊隊，先遣入
　　鬼域
「鬼影之兵」在叢林如長了翅膀四處謠傳
各族競相賽勇士，穿梭叢林如入無人之境

三萬日軍入叢林，軍略斷然遭否決。
無敵皇軍不若台灣蕃人！
天皇神兵不如台灣鬼影兵團！
他們五官敏銳
眼、耳、鼻、觸皆如雷達
三百公尺外便探知澳軍蹤跡

每人分得「慰安票一張」
「每人必須去慰安站接受慰安，這是陛下恩典，不得
　　違令！需繳回票根！」
田中來富來自霧社川中島
是霧社事件遺孤
霧社川中島慘事歷歷
祖父、父親隨同莫那魯道死

塊肉餘生何忍淫人姊妹？

那是風吹熱帶椰林的聲響？
亦或那是遠方越洋飄送而來的情人的鼻笛情歌？
自從希熙里去了南洋戰場
她的鼻笛不再在部落的瀑布旁吹奏
她想到希熙里出征前在她額上的一吻。

穿越叢林的路徑將遠達近百公里，
需要三個太陽，四個月亮，不停奔馳，
柏魯達蘇救援前線如火急
如山羌奔馳，如猿猴攀藤溢過沼地
「我是跑得比雨快的魯凱人。」
這是柏魯達蘇在胸臆中唯一的迴聲。
「我不是奴隸，我要救人，我不是奴隸」
在叢林小徑，離最後防線不及一時辰處發現了柏魯達
　蘇的遺體。
柏魯達蘇被切下食指，以為遺骨。
「台灣愚忠高砂蕃人，豈有讓自己餓死，咱韓人才不

幹此蠢事⋯⋯」

「不好啦，綿貫兵長中槍！」
成合少佐、矢羽田少尉魚貫而出
綿貫兵長躺在椰子樹葉編成的擔架上
從叢林搶救他出來的高砂兵神色安定
綿貫誤踩陷阱，被步槍當山豬射中頭部

以上我剪接吳錦發史詩的詩句，讀友能否領會情節的發展？

吳錦發有一段極震撼的描述，是對宗教諸神明的回饋（我用「回饋」一詞，考慮良久，深怕褻瀆諸神明，不，應該說深怕激怒眾信徒）：

帶著八幡大神護身符的，下一秒被打穿了頭
熱田神宮社官的兒子，下一秒，被手榴彈炸得腸子掛
　　在樹梢
長崎來的，胸上有新潮西方十字架項鍊的士兵被機關
　　槍子彈貫穿了胸膛

有祖靈庇佑，有媽祖庇佑的台灣來的高砂兵、志願兵
　死狀沒有更優美
高砂義勇隊齋藤分隊混雜在日軍中吶喊衝殺
信耶穌的澳洲兵，紛紛倒下

接續的情節，容我再繼續摘錄吳錦發《高砂》史詩的句子，繼續看下去：

以三百對追兵一萬，在叢林周轉對峙
林道內哀號遍野
敗退日軍遺體散佈林道兩旁

台灣高砂窺見此景象勃然大怒
屢向上司請命出草
「爾等欺人太甚，野蠻如此！吾高砂人，昔日獵首，
　乃為儀式或宣示地盤，以智力、武力、威勇相搏，
　輸者無憾，豈有偷砍死人之首，可恥至極，吾等請
　命獵首，以雪吾軍之恥！」

聰明的讀者閱讀至此,或許已領悟到詩中呈顯原住民族的生命哲學、身分認同、國家認同的問題⋯⋯。

我援引《高砂》中的詩句到此,接下的發展與結局,我還是不能透露,三位原住民青年最後有沒有活著回來?希熙里與杉瑪這對有情人有沒有終成眷屬?欲知結果,請您親自讀完《高砂》全詩。吳錦發的史詩,在最後的情節,是藝術的極致,也是敘事的高潮!

或許有人會質疑,這些情節純屬吳錦發的杜撰吧?請放心,錦發兄一再加註說明其情節是根據真實的回憶錄及口述歷史。所以,既曰「史詩」,詩當然是創造,但「史」則是以往的事實。以歷史事實來寫詩,比我這個歷史工作者寫出的史書要生動,精神思想更加深邃。

我想起芬蘭作家詩人魯內貝里(Johan Ludvig Runeberg),他有很多描寫芬蘭農村生活的詩作,表達堅韌不拔、勇敢堅持、體恤窮困的精神,被稱為「芬蘭的民族精神」。他有一部描寫19世紀初芬蘭與俄國之間的戰爭的名作《旗手斯托爾傳奇》,史詩的第一部分「我們的祖國」後來成為芬蘭的國歌。

我想到智利作家詩人米斯特拉爾(Gabriela

Mistral），他有《孤寂》、《柔情》、《有刺的樹》等詩集，有的反映印第安人的苦難、猶太民族的不幸，有的描寫被遺棄者的困苦，窮苦兒童的辛酸。其中詩集《柔情》，「因為富於強烈感情的抒情詩歌，使她的名字成為整個拉丁美洲的理想的象徵」，而榮獲諾貝爾文學獎。

我又想起美國南北戰爭期間，堅定的民主戰士詩人惠特曼（Walt Whitman），他的詩歌主要是反對奴隸制度和民族壓迫，歌頌自由和民主，歌頌勞動大眾。

我又想到英國維多利亞女王時代極著名的鄉土小說家，也是詩人，湯瑪斯・哈代（Thomas Hardy），他的許多作品是以他的故鄉為背景，故鄉人的語言、習俗和生活，成為他作品的養分。他出版多部詩集，其中有些作品可看成史詩。除了史實之外，也敘說戰爭對人民的傷害。

我想到追尋自由的波蘭著名詩人米沃什（Czesław Miłosz），他親歷波蘭被納粹德國佔領期間，百萬猶太人以及大量的波蘭人和羅馬人遭謀殺。那些殘酷的歷史場景，讓米沃什寫下史詩《三個冬季》詩集，描寫波蘭

人在納粹控制下所受的苦難，預言波蘭將遭到災難；他還編選一部抗德詩集《無敵之歌》。他喟嘆：「良心的痛楚令我沮喪。」他終獲諾貝爾文學獎！

我想到英國浪漫主義的自由詩人雪萊（Percy Bysshe Shelley），他擅長寫敘事長詩如《仙后麥布》，富於哲理，抨擊宗教的偽善、封建階級與勞動階級之間的不平等；他的《解放了的普羅米修斯》是他最偉大的抒情詩劇。

我想到德國詩人海涅（Christian Johann Heinrich Heine）的一句話：「詩人只有不離開土地時，才有堅實的力量；一旦離開土地，他便變得軟弱無力。」海涅一生的詩學精神就是和現實結合。

台灣詩人吳錦發的詩學精神，不亦是如此嗎？客家出身的吳錦發，以原住民的遭遇為軸心，反映殖民統治下的時代經緯。他的史詩，可以媲美我前述的所有詩人。

於台北教育大學台灣文化研究所
2024/6

序二
高砂的呼喚

台邦・撒沙勒
Sasala Taiban

在時光的長河中，歷史如同一條古老的河流，載著我們的祖先，穿越歲月的波瀾，帶著他們的故事，來到我們的眼前。《高砂》便是這樣一部承載著厚重歷史與深情的作品，以生動而細膩的筆觸，將高砂義勇隊的故事娓娓道來，帶領我們重溫那段風起雲湧的時代，感受那些為榮譽與信仰而奮鬥的靈魂。

高砂義勇隊，是日治時期一支由台灣原住民組成的部隊，他們的英勇善戰，不僅僅是戰場上的傳奇，更是人性光輝的展現。這些來自山林的勇士，他們有著鋒利的獵矛，也有著柔軟的內心。他們在戰爭的熔爐中淬鍊，面對無時無刻的生死考驗，卻始終保持著對家鄉、對愛人的思念與牽掛。

1941 年，太平洋戰爭爆發，善良純真的原住民被

迫捲入二次大戰的漩渦中。為對抗盟軍，日本徵募各部落的精英組成「高砂義勇隊」赴南洋作戰，根據日籍作家林榮代的統計，從1942年到1943年間，日本共派出了7個梯次的高砂義勇隊投入戰場，總數在4000人左右。第一批高砂義勇隊於1942年3月前往菲律賓，人數約500人，他們在5月7日成功擊退巴丹島的美軍而聲名大噪；第二批於1942年6月出發，人數有1000人；第三批於同年11月出發，有414人；第四批於1943年6月出發，有200人；第五批於7月出發，有500人；第六批於次年6月出發，有800人；第七批於9月出發，有800人。第二至第七批都被派往戰況最激烈的新幾內亞，與澳美聯軍作戰，雖然他們表現英勇，獲得日軍極高的評價，但也傷亡慘重、犧牲慘烈，估計4000人中有3000人戰死。

吳錦發透過《高砂》這本書，將我們帶回那個驚濤駭浪的年代，藉由不同的篇章，串起了一段跨越高山、海洋、叢林與島嶼的故事，從〈圍獵〉的勇猛出征，到〈鼻笛〉的幽怨情懷，再到〈海及子彈的舞蹈〉的戰鬥場面，每一個篇章都充滿了感動與震撼。他用文字編織

了一幅幅栩栩如生的畫面，讓我們彷彿親歷其境，感受那份與天地共振、與命運搏擊的豪情。此外，吳錦發更以細膩的筆觸，將這些故事中的每一個細節，描繪得精彩絕倫。在〈死亡奔跑〉中，看到魯凱族祈雨勇士在荒野中使命必達的奔襲，在〈猛虎的撲擊〉中，高砂戰士的勇猛無畏，都令人心潮澎湃，久久無法平復。而在這些戰火紛飛的背後，吳錦發也不忘展現那些高砂勇士們的柔情與脆弱。他們思念家鄉，心繫愛人，他們在戰火中堅守著心中的執著與希望。本書中的每一個篇章，都是一段獨立而完整的故事，但它們卻共同編織出一幅壯闊的歷史畫卷，從〈鬼影兵隊〉的神出鬼沒，到〈玉碎與審訊〉的忠誠與信仰，再到〈返鄉〉的感人一刻，每一個故事都充滿了深情厚意，令人難以忘懷。

　　《高砂》不僅僅是一部戰爭史詩，更是一部關於族群、信仰與人性的深刻作品。那些身處戰火中的高砂義勇隊員，他們在戰場上的表現，不僅僅是勇敢與剛毅的體現，更是生命的淬煉與掙扎。他們以鮮血和汗水，記載了無數感人的篇章。他們的故事，是二戰中最令人緬懷的頌歌，也是最偉大的傳奇。

吳錦發以其獨特的寫作風格，用歷史、文學與頌歌將高砂義勇隊的傳奇故事描繪得淋漓盡致。他用簡潔而有力的文字，刻畫出那些在戰火中掙扎求生的勇士們的形象。這些形象，既真實又動人，讓我們彷彿親眼見證他們手持獵矛的雄偉英姿。當我們翻開《高砂》，我們不僅僅是在閱讀一部史詩，更是在與那些勇士們進行一場橫跨海洋的對話，聆聽他們從異鄉傳來的深深呼喚。

台邦・撒沙勒

於舊好茶

2024/7/20

序三
東亞海洋視角下的英雄史詩

胡長松

　　吳錦發先生的詩集《高砂》，無論從文學的原型分類或從精神上來說，都接近於荷馬的《奧德賽》或者維吉爾的《艾尼亞斯記（Aeneis）》這種英雄離鄉戰鬥與返鄉的英雄史詩。在語言的形式上，它似乎刻意保留了台灣原始部落口傳文學的自由和純樸的語言風格，揉合了一部分魔幻寫實般的時空跨越，形成了具有台灣原始部落特色的英雄史詩。而史詩的主角則是太平洋戰爭期間，台灣高砂戰士的出征與返鄉，英雄所踏上的舞台背景，是從1853年美國黑船抵達日本東京灣以後所觸發的日本「開國」及邁向海權擴張的東亞大歷史。

　　這部近代日本海權擴張的大歷史，台灣成為其第一場勝戰的殖民之地而捲入其中，隨後是日俄戰爭及二次大戰，從東亞到東南亞的陸地與群島，以致到廣大的

太平洋西部都捲入其中，最終悲劇地結束於1945年的戰敗投降。包含了台灣人在內的日本軍民戰死300萬，而另有650萬流落在西伯利亞、亞洲和太平洋各地，慘況難以直視，但這段對日本帝國主義來說失敗的終局，在這部詩集，卻因為採取台灣高砂勇士的視角，出現截然有別的主體詮釋，也是史詩英雄式的台灣高砂主體詮釋。

當時身為日本國民的高砂勇士，背負著家鄉的情感與遠古祖先所賦予他們的高昂的勇氣與高貴的情操，他們所踏上的戰場，卻是被遠不及他們精神力量者所帶來的瘋狂與殺戮之地。這首英雄史詩，也就形成了以下四條旋律線的四重奏開展。第一條旋律線當然是英雄的主旋律線，是從台灣山林從遠古以來所賦予這些高砂勇士的「高砂勇士精神」（或者按照詩人本身的說法稱其為「高砂道」），也是面對各種不確定的危機都無所畏懼、極其壯美的英雄旋律。第二條旋律線，則是日本從封建時代以來一直傳遞到現代的「日本武士道」，也是日本崇武精神的內涵核心，在這首詩裡，這條「武士道」的旋律線，不斷地和英雄主體的「高砂道」在對話。第

三條旋律線，則是在戰場與日本「武士道」及台灣「高砂道」同時對立的「英美澳同盟戰爭武學」，是英美軍事價值體系的旋律線，以「敵亦有其武士道」的姿態存在。第四條旋律線，則是表面最細微，卻也是統攝了前三者，最為崇高的「基督之道」旋律線。這部英雄史詩，就是這四條旋律線不斷對話的展現。

　　這本詩集最值得我們留意的，首先就是「高砂道」的存在。它源自於山林的力量，匯集在高砂勇士的身上，就像首章〈圍獵〉中的描寫：「這是出征前，三人在故鄉最後的狩獵／今日獵殺野豬，明日將獵殺敵人……奔馳／如風般奔馳／露珠來不及破碎前，／勇士的身影已掠過葉尖／林下的腐葉還未揚起，勇士的足尖已在前方，／庫里、卡魯庫、希熙里五官如同獵犬敏銳／追逐野豬遺留在空氣中遺留的一絲痕跡。／氣味、聲音、體溫、摩擦過的樹葉、草尖／腦海同步精準浮現獵物剎那前竄過的影像，／在巨大的那株雲杉前／三人看到雜沓的豬的新鮮蹄印／庫里蹲下，電光似目視蹄印／擡頭／卡魯庫、希熙里同時領首／往同一方向奔馳而去／敵人的王者，你何處可藏？」一直到結尾處，詩句這樣呈現：

「希熙里堅定地說：『我們明日將以勇士的身份出征，祈求山神保佑我們三人也能帶著勇士的生命回來！』」詩人最後寫著：「聲音在峽谷中迴盪，幾片鳥榕葉片隨風落下……。」如是，完成了山林與高砂勇士間的盟誓之約，這就是高砂道的起源。

在整本詩集，高砂勇士精神最高潮處，莫過於〈死亡奔跑〉，「跑得比雨快」的高砂勇士柏魯達蘇受命隻身運糧接濟受困的朝鮮兵，背負糧包日以繼夜拼命奔跑，最終力竭而死，死時身上的糧食一包未少。在詩人的眼中，這種為了救人而犧牲的高砂勇士之道，已經超越了表面指揮它的日本武士道。

不管從歷史的結局或者詩的敘事結局來說，日本武士道在太平洋戰爭的失敗都不能說是台灣主體的「高砂道」的失敗。在〈返鄉〉一章，詩人寫道：「台灣高砂兵，失去了日軍同袍，也失去從故鄉一起出征的族人，／他們知道自己打了敗仗，但眼前的人們卻喊說是「勝利」？／碼頭上的人們確確實實喊著「萬歲」！／那麼是誰「輸」了？／高砂兵只想回家，只想趕快離開他們不理解的地方。／他們想回到有溪水唱歌，有雲霧裊繞，

有野獸奔竄的祖靈永居之地。」就是以高砂為主體做出了評判，在詩裡，高砂道顯然有不少優於武士道的地方，而更重要的是，站在高砂山林祖靈的主體看，外來的武士道統治，終歸是結束了。高砂勇士的精神，終究是返回到原初的最崇高之處。這就是我們判斷這首詩是英雄史詩的原因。

更進一步地剖析，這場高砂英雄的返鄉，不僅是回到原初之地而已，它更進一步地藉由〈鼻笛〉一章，以希熙里的愛人杉瑪為象徵所展開的女性抒情意象的伏筆，進入平行的基督精神的擴展，最終讓後者超越了原初的意象。杉瑪的情感意象擴大於〈慰安婦和遠方的基督〉一章，杉瑪成為了虔誠的基督徒，詩人寫道：「杉瑪的笛聲由基督帶著，飄過浩瀚的海洋／鑽入坐在南方熱帶椰樹下希熙里耳膜中了吧？／希熙里全身如溫熱電流流過，起了輕微的顫抖。／阿們──／聚會在再次頌揚基督聖歌中結束／『杉瑪姊妹，杉瑪侄女，一切在主護佑中，妳得寬心！』」以魔幻寫實的筆法，讓遠方的情人間因為基督的聯繫而共振。

也因為在家鄉山林的基督精神的聯繫，返鄉的高

砂勇士，其本來就優於武士道、並未如武士道戰敗的精神，最終被「基督之道」統攝起來。因此，詩人在〈終曲〉結尾處寫道：「這生的震動（筆者註：「基督之道」的復活根基），似乎使整座大山（筆者註：象徵「高砂道」的源頭）也震動起來⋯⋯」我們也可以說，這本詩集鋪陳的四條精神旋律線，不管過程如何地對位、抵抗、競爭，最終都被杉瑪所象徵的基督精神統攝起來了。

在太平洋戰爭結束已經接近 80 年的今天，我們有幸得以藉由《高砂》這本詩集，重看這場台灣精神主體的多重辯證，是台灣讀者們不容錯過的珍貴饗宴。這本英雄史詩所留下的血淚與頌歌，也必然是我們及我們後世子孫們永遠的血淚與頌歌。讓我們一起來發揚它們，珍惜它們！

2024/7/28 於板橋

自序
在有木漏的幽深地帶

吳錦發

　　會寫這麼一本書，想想，有一種「必然」，也有一種「偶然」。

　　「必然」，來自我家族的歷史。

　　如同許多台灣人家族，我的家族在二次大戰中，也無法倖免於難，捲入了這場人類歷史上最大的戰爭，而且有兩位成員被征調到了南太平洋戰爭的最前線，我堂伯父（伯公的長子）以台灣特別志願兵征調到新幾內亞戰場，於1944年，戰爭結束前夕，戰死新幾內亞叢林；小叔公則調往海南島當軍伕，戰爭結束，歷經九死一生，返回台灣。

　　二次世界大戰在我家族之中，從我年幼的時候起就不只是一種傳說。從戰場回來的小叔公，各種戰場後遺症的舉止，在我腦海中留下深沉的刻痕，這是我寫二戰

史詩的「必然」。

另外一種「必然」是，我在大學一年級升上二年級那年暑假，開始跑部落。我唸的是社會學，暑假受省社會處委託，在原住民部落作貧戶調查。從那一年開始，連續三年暑假都在全台灣各原住民部落跑，從此和原住民結下了不解緣份。住在部落期間，偶爾晚上和部落老人喝酒，他們談到了二戰期間在南洋作戰的情況。這是我首次聽到有關「高砂義勇隊」和「高砂特別志願兵」的事蹟，留下了非常深刻的印象，只是當時我還沒有警覺：有一天我會書寫他們。今天回想起來，那時，我心中早已被無意中埋下了種籽，這種籽現在終於遇到陽光，雨水，自然發芽了，這也可算是一種「必然」吧。

那麼，什麼是「偶然」呢？

1996 年，我和幾個朋友去日本考察日本的「生態公園」，成員中包括魯凱族的知青台邦‧撒沙勒（趙貴忠），有一天，我大舅子撒卡‧布拉揚帶我們去逛神田町舊書店，尋找一些有關台灣史的日文資料，就那麼偶然，我翻到一本名為「台灣第五回高砂義勇隊」的舊書，由日本作家林榮代所書寫，內容寫的正是台灣高砂義勇

隊在新幾內亞作戰的實錄，包括很多照片和訪談日本的指揮官實錄，最驚人的是，附錄的作戰死亡名單和生存名單，很多來自屏東各部落的魯凱族、排灣族人，日本名、族名，一應俱全，我馬上拿給台邦・撒沙勒看，並叫他買下來。

台邦・撒沙勒因為不通日文，後來又去了美國華盛頓大學留學，這件事幾乎被遺忘了，二十多年後的2023年，台邦・撒沙勒有天突然給我一本書，竟然就是那本書的中譯手作本，他說是他十七歲的兒子「希熙里」翻譯的，本想出書，但託人在日本尋找作者，發現林榮代先生已過世了，原出版社熬不過疫情已收店，他只好手作幾本供幾個研究好友參考。

我唸了內容，大受震撼，一切舊夢，突然全湧上來了，所有「必然」被一個「偶然」喚醒了，我發現我伯父戰死在新幾內亞叢林的1944年底，正是高砂義勇軍游擊隊在叢林中和澳洲軍作最後殊死戰的同一時間，也是日軍（包括我伯父的殘軍）在叢林中最悲慘，甚至吃人肉的地獄時刻！

我連續做了幾個無法解釋的夢，有一天，我應228

基金會及台灣老兵協會的邀請去高雄捷運美麗島站演講廳演講，會後，和老友邱國禎、李淑芬小姐等人喝咖啡閒聊台灣史。

我談到高砂義勇隊，及台灣文學在這方面的空白，我竟如英靈附身，脫口而出：「我將為台灣高砂寫史詩！」

一馬既出，所有必然、偶然澎湃而至！我決定餘生為此全力以赴矣！高砂首部，如今剛完成，裡面引用了許多日本作家林榮代先生第五回高砂義勇隊的實戰訪談資料，林榮代先生已仙逝，再無法徵詢其同意引用了，另外我也引用了蔡岳熹醫生《叢林中的山櫻花：高砂義勇隊 28 問》書中某些訪談，皆有註明。歡迎讀者親閱其書，有更進一步了解。

史詩是一種文學形式，一方面台灣原住民也有口傳史詩傳統，我嘗試著以此形式，加上自己的風格創作了《高砂》。

在二次世界大戰太平洋戰爭中，日軍其實一共徵調過八回「高砂義勇隊」（第八回因為戰爭結束，未赴南洋戰場），加上「高砂特別志願兵」，台灣原住民被日

本徵調前往南洋分成兩大部分，「高砂義勇隊」部分從1942年3月至1944年4月前後共征調了3843人，另外還要加上特別志願兵四百多位。

3843人的「高砂義勇隊」在南太平洋參加過的主要戰役高達八個：

① 第二次巴丹半島戰役
② 科雷吉多島戰役
③ 科科達小徑戰役
④ 布納—哥納戰役
⑤ 布干維爾戰役
⑥ 拉穆與馬卡姆河谷戰役
⑦ 艾塔佩戰役
⑧ 新不列顛島戰役

我在《高砂》史詩所寫的內容，主要是寫第五回高砂義勇隊在新幾內亞叢林的戰役，屬「艾塔佩戰役」及「科科達小徑戰役」後之附屬戰役，之所以選第五回高砂義勇隊為代表，是因為這一回義勇隊的主體是排灣、

魯凱族，而且是一支很特殊、受過日本特殊情報軍官學校—中野學校的軍官們「專門游擊作戰訓練」的隊伍，他們在新幾內亞叢林和美澳聯軍作戰長達一年多，成果輝煌，極富傳奇，因此，我特別選定這場戰役，作為「高砂戰役」的代表，如同荷馬選定「特洛伊戰爭」為史詩歌詠對象一般。

當然，如同《奧狄賽》，不會是一首短詩，《高砂》也不會只止於歌詠一件事，《高砂》將只會是長組史詩的開端，希望神賜予我更長的生命，我將一部接一部，歌詠下去，成為一組歷史長詩。直到補滿《高砂》歷史的空白，讓世人明白，何謂源自台灣山林千年歷史有別於「武士道」的「高砂之道」。

這本書能夠出版，首先要感謝前衛出版社的林文欽兄，再來也要感謝我的好友台邦・撒沙勒和他的天才兒子台邦・希熙里，沒有他提供諸多日文翻譯，我無法窺知諸多戰爭內幕。當然也要多謝已仙逝的日本作家林榮代和目前仍在行醫的蔡岳熹醫生，他們的訪問記錄，豐富了沒有戰場經驗的我，理解了二戰南洋戰爭的實況。同時也感謝我魯凱族多年好友 Tanubak・Abaliwsu（包

勝雄），他提供了我日治下魯凱部落基督教信仰的狀況，這點在這首史詩中占有極為重要的位置。最後，感謝我劍道師妹韓欣伶老師，她總在適當時刻，給我準確的日語使用。

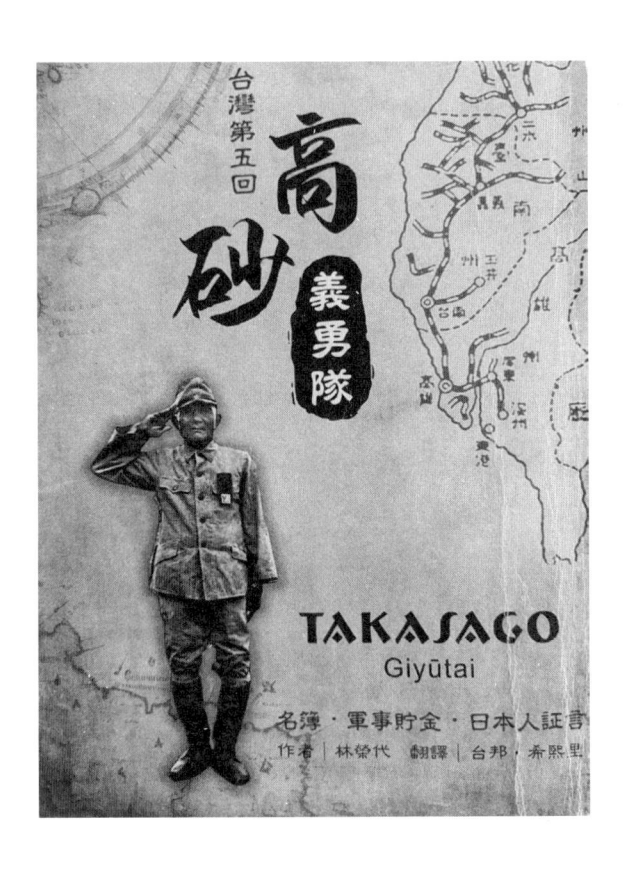

〈圍獵〉

朝陽由山頭一躍而出
群犬如箭矢射向密林
吠叫聲忽東忽西
在群樹間轉彎
庫里、卡魯庫、希熙里三人,
身背獵槍,手執長矛奔馳如風,
前腳掌剛離地面,後腳跟已在空中。

這是出征前,三人在故鄉最後的狩獵
今日獵殺野豬,明日將獵殺敵人
他們將是:
帝國的利刃

天皇的戰士

奔馳
如風般奔馳
露珠來不及破碎前,
勇士的身影已掠過葉尖
林下的腐葉還未揚起,
勇士的足尖已在前方,
庫里、卡魯庫、希熙里五官如同獵犬敏銳
追逐野豬遺留在空氣中遺留的一絲痕跡。
氣味、聲音、體溫、摩擦過的樹葉、草尖
腦海同步精準浮現獵物剎那前竄過的影像,
在巨大的那株雲杉前
三人看到雜沓的豬的新鮮蹄印
庫里蹲下,電光似目視蹄印
擡頭
卡魯庫、希熙里同時領首

往同一方向奔馳而去
敵人的王者,你何處可藏?

群犬圍峙
豎起豬鬃的王者已無路可退
峽谷後有峭壁,由窄及寬狀如布袋
庫里、卡魯庫、希熙里追蹤而至
庫里解下獵槍,拉開槍機
不!
希熙里壓下庫里的槍
勇士出征之獵,用矛!
希熙里端平尖矛,逼向巨豬
呼──吼──
山豬衝向前來
希熙里使盡全力刺向豬身
山豬奮力扭身,希熙里彈飛出去
庫里、卡魯庫同時箭步而上

雙矛刺向山豬喉部
喂──。
山豬側身斜倒,
群犬圍攻
希熙里一躍而起抽出腰刀
欺近絆倒的山豬
「山神感謝祢獻出生命!」
腰刀深深插入山豬的心臟
山豬發出最後的低吼
隨風傳向谷中的森林。
短暫的寂靜,三人無言語
林中只迴盪群犬悠長的吠叫聲。

希熙里剖開了山豬的胸腔
割下了山豬心臟
希熙里以山刀將其切成三分
將兩份拿給庫里和卡魯庫

「吃了它!」

希熙里堅定地說:

「我們明日將以勇士的身份出征,祈求山神保佑,我們三人也能帶著勇士的生命回來!」

聲音在峽谷中迴盪,幾片鳥榕葉片隨風落下……

〈鼻笛〉

黃昏時刻,白天和黑夜互扯布幕
天黑後,布幕扯破了一個彎月的縫和數不清
　的小細洞。
深山裡的部落男子在出征前夕並不平靜
小團隊男子的軍歌聲,飲酒喝叱聲…
平靜的山裏,入夜刮起狂風
風聲瑟瑟,搖遍部落森林
午夜風歇,部落沉寂
幽怨的鼻笛聲,隱隱約約從林中傳出
像裊繞的絲線,
像燃草的煙霧,
像山靈駕馭的嵐氣

似有若無，似斷若續，
時隱時現，若繞若勒。
希熙里站在家屋陰暗一角傾聽，
他明白那召喚。
多少時日的遲疑，多深的戀慕
希熙里知道杉瑪對他的深情
希熙里無法越過那深而長的鴻溝
杉瑪是部落貴族的女兒
希熙里的家族是平民
雖只是千人的部落
貴族、平民難以通婚的習俗
如部落後方崖壁般堅硬而高聳

鼻笛聲繞過每一片樹葉
展開翅膀飛越每一間部屋
找到希熙里的家
使躲在陰暗家屋一角的他無所遁逃

笛聲鑽入耳內
笛聲鑽入心中
笛聲千轉萬轉纏住希熙里每一寸思緒
明日就得出征
何日得回？

希熙里無路可退
希熙里沿著部落屋後方陰暗小徑奔馳而去
熟悉不過的小徑
沒有一點光，奔跑也不致摔倒的路徑
他往鼻笛聲的來源奔跑而去，
他知道鼻笛聲源在哪裡。
杉瑪靠在瀑布邊的老樟木旁，
她意識到希熙里的到來，
但沒有停止吹奏她的鼻笛。
希熙里慢步走近她，
在黑夜中，兩人越靠越近

杉瑪不停止她的笛聲,
兩人晶亮的眼在黑夜中對望,
如同公與雌的雲豹,
晶亮的雙眼,對望。
笛聲沒有中斷,但變得更幽長
希熙里衝上前,在杉瑪的額前匆匆一吻,
希熙里轉身一步一步後退
笛聲停住了
杉瑪的眼睛在黑夜中如星星晶亮
希熙里向著來路走
「Tava panianiaka ngubaliw!」
(你要給我活著回來!)
杉瑪用魯凱話向希熙里喊著,黑夜中帶有幾
　分威嚴。

〈海及子彈的舞蹈〉

浪啊浪啊浪啊

海神的憤怒

由海底一衝而上,把浪高高舉向空中

高過大武山似地

再摔回海平面

載著帝國戰士的戰艦像玩具

一會兒被推上浪尖,一會兒滑下浪谷

天皇陛下萬歲!前進!前進!

脫光上衣的一位日本軍人,發瘋站在船首仰
　　天狂喊

天皇陛下萬歲!前進!前進!

一遍又一遍重覆瘋狂呼號

甲板上一片寂靜，只有吐得蒼白的臉
把軍用皮鞋用鞋帶繫緊掛在脖子上
他們赤腳蹲在滾燙甲板陰影一角
他們的腳板不適合會咬人腳掌的軍用皮鞋
「靴を履け！」（把鞋穿起來！）
一個日本軍官暴喝！
「野蛮な蕃人め！戦えるわけないだろう！」
（野蠻人怎麼有辦法打仗！）

咿─嗨─呦─，咿─嗨─呦─
有人忽然用腳掌頓打甲板拉長音唱了起來
那是從台灣東部征調來的高砂隊員吧
天皇陛下萬歲！
那日本瘋子仍在向海狂呼。
巴士海峽浪濤洶湧
咿─嗨─呦─，咿─嗨─呦─

只有頓著腳掌，大聲吼出來，
才能使胃停止翻滾。
咿—嗨—呦—，哦—嗨—呦—
節奏簡單明快，開口唱的越多，
整個高砂義勇隊，不分哪個種族
無分種族的
頓足，輪流和音，高唱起來
有人起來跳舞了。
跳躍；繞圈；跳躍；旋轉；
海浪衝高又滑下
天皇陛下萬歲！
海浪翻滾，戰艦破浪前行。
咿—嗨—呦—，哦—嗨—呦—
天逐漸暗了下去，海面一片漆黑
看不到浪了，月亮升起來，滿天星斗
夜空仍在傾斜過來，傾斜過去
帝國戰艦在南太平洋無聲航行。

滿載戰士的船
在熱帶的海洋像巨鯨泅泳
沿著優美海岸線行駛
看得到菲律賓的漁村和土人的操舟
和平的氣氛使人誤以為在海上遊覽
軍艦在帛琉灣停泊
岸上的椰子樹影隨風搖曳
台灣高砂兵必須在此登岸
他們將在此接受戰地的訓練
帛琉是面積不大的島嶼
遍佈的椰子林隨風搖曳
陪伴夏夜星空綴滿星星十足南洋風情
帝國戰士操演嚴厲而炙烈
殺敵的喊聲,只有陣陣單調的海浪拍岸應和
高砂戰士本能的戰技被一一糾正成機械式
　動作

像被鐵鎚錘打
高砂戰士被日本軍官用拳頭、軍靴糾正

乘坐另外一艘鋼鐵巨鯨出發已是仲夏之後
滿載帝國戰士的地獄輸送船由馬尼拉來
高砂義勇隊上了船,
往新幾內亞漢莎港（Hansa）而去。
台灣志願兵、朝鮮兵、日本軍官、慰安婦、
高砂義勇隊……
艙底、甲板，各據一角，語言雜燴嘰嘰喳喳
「敵機來襲！」突然船首石破天驚一句。
如群蝦嘩然跳起，茫然不知所以,
繼之四方亂竄。
「巴格！友機！」又一句怒叱。
「唉喲──」
氣球頓然消氣，甲板戲劇性頹然靜止。
帝國戰士零零落落癱軟一地。

咿—嗨—呦—，哦—嗨—呦—
昔日熟悉的歌聲響起
高砂義勇隊阿美戰士的歌聲
咿—嗨—呦—，哦—嗨—呦—
更多人唱和，
台灣志願兵、朝鮮兵，有人起身跳舞
日本軍官插腰看著。

看得到新幾內亞遠方的島影了，
成排的椰子樹，優美的海岸線越發清楚
咿—嗨—呦—，哦—嗨—呦—
歌聲，歡笑聲掩蓋過了海浪聲
帝國戰士短暫自戰地陰影解放
「空襲———」淒厲一聲尖叫。
噠，噠，噠，噠，噠，噠———
一記記如鐵鎚重擊甲板
站立著中槍的如稻稈倏然折斷

坐著的，在子彈劃出的線中掠過。
身子彈起，摔落，手臂彈飛
張著嘴巴，仰天轟然躺下
噠，噠，噠，噠，噠，噠——
子彈在甲板上跳舞，像雨滴掉落又彈起
「飛機轉頭了！」沙啞的吼叫。
甲板上混亂的奔竄。
只有兩邊側有艙門，艙門下接樓梯
逃生人群瘋狂疾跑躍下。
噠，噠，噠，噠，噠，噠——
戰士如螻蟻倉惶四竄。
子彈隨著鐵鳥俯衝，
在甲板上拉出一條線又一條線。
子彈在跳舞，在狂舞，
穿透肉身，沾著戰士的血歡樂跳舞。

〈穿越魔之濕地〉

死神的腳步無聲無息,快速而突然
高砂隊剛到漢莎港(Hansa)
分配紮營於椰林之中
椰風搖曳,椰實纍纍彷若南國故鄉
有人攀爬而上,如猿猴採果而下
驀然,敵機掩至
炸彈如雨下
由港口一路轟然巨響至椰林營地
港口輪船中彈著火,黑煙直上天際
高砂隊員正目瞪口呆
一顆炸彈在剛搭好的帳篷爆炸
帆布飛舞在空中,帳中高砂兵的殘肢掛上椰

樹葉
大轟炸後，漢莎港糧倉全毀，人員死亡上
　　百，
剛抵達的高砂隊死亡10名。
日本指揮官下達第一道命令：
高砂隊撿回同袍殘屍，
割下食指作為遺骨將帶回台灣！

漢莎港重創，高砂義勇隊急急接受新指令：
轉進威瓦克（Wewak）司令部
由漢莎至威瓦克行軍必須穿越令人喪膽的
　　「魔之濕地」。
廣闊數十公里，無一片乾地的紅樹林沼地。
高砂隊由矢羽田少尉領軍，
上野保為小隊長進入魔域
越過寬廣的拉穆河即是魔域入口
庫里、卡魯庫、希熙里，

加上霧社川中島來的賽德克戰士田中來富
　為領頭尖兵。
惡魔沼池，無落腳之地，
踩紅樹林氣根以行。
如野猴跳躍，攀爬，跌落沼地則難以拔腿。
晚無可紮營乾地，砍樹枝為巢，
蚊蚋、螞蝗時時為患。
沿途輒見日軍枯骨雜佈，悚然驚怖
同行日軍，誤飲沼地之水立即吐瀉不止。
領軍矢羽田少尉亦染赤痢寸步難行。
義勇兵三人輪流將之合扛在肩，奮勇前行。
渴，則砍藤，滴水飲之。
饑，則放陷阱捕鳥、蜥蜴烤而餵食之。

地獄沼地，幸四處雜佈椰樹，
高砂兵身手如猿猴攀沿而上
番刀剖椰果，以汁為飲，椰肉為食

高砂兵不時從野林採回樹芽以爲茱蔬
日軍質疑：何以知無毒？
高砂兵曰：
由野鳥剖腹知之，其亦食之，故知無毒！
日軍視濕地野林痛苦如阿鼻地獄。
台灣高砂兵卻如置身故鄉田園。
行行復行行，如蟻隊在蔭蔽沼地穿梭，
行行復行行，如虫豸在刀鋒上爬行，
漫漫無際，步步薄冰

一入沼地即無音訊的兵隊
月餘之後，衣衫襤褸乍現在威瓦克日軍司令
　部前。
司令部如蜂巢炸轟，
矢羽田少尉顫危危站立，敬禮
向司令官報告，穿越魔之濕地，不失一兵。
聲淚俱下，日軍上下聞聽爲之動容。

台灣高砂義勇隊則面容如常,不見喜哀。

附註:參考林榮代著《台灣第五回高砂義勇隊》對上野保小隊長的口述。

〈鬼影兵隊〉

強大的敵人美軍已在荷蘭迪亞（Hollandia）
　　與艾塔佩（Aitape）登陸
偉大的皇軍節節敗退
第十八軍正向西退向叢林的方向
叢林或將以熱病等著
叢林將以吞人沼地招待
叢林沒有糧食供應
叢林沒有乾淨飲水飲用
三萬大軍無路可退，命令森嚴如刀
三萬大軍將入鬼域
一紙軍令，急急如律令
高砂義勇兵緊急被組織為搜索隊、游擊隊，

先遣入鬼域
調查兼對付澳洲兵追擊部隊
游擊部隊由成合正治少佐、大高大尉、石井
　　中尉，精選一百名高砂戰士組成
任務是比越過魔鬼沼地更瘋狂的從普里克
　　穿過托里切利山脈
縱走一千公里，繞到艾塔佩後方
從無紀錄過的戰鬥行軍
視為死途的日本受過情報教育的指揮官
悲壯如赴死
高砂隊員個個卻雀躍如出發狩獵
高砂游擊隊如高砂競技團
排灣、魯凱、泰雅、賽德克、阿美、布農交
　　相比神勇，喜形於色
皇軍，琉球兵頓失神色。
蓊鬱叢林，無處不陷阱
高砂兵奔竄如飛，出沒若鬼魅

澳洲軍抽根菸

高砂兵三里外便知

澳洲軍小隊叢林行軍驚動鳥鳴

高砂兵五里外便知

澳洲軍停歇用餐

高砂兵槍聲響起，澳洲軍應聲倒地

十餘其三，竄入叢林逃生

「鬼影之兵」在叢林如長了翅膀四處謠傳

在新幾內亞叢林高砂鬼影之兵分數個支隊

「齊藤特別義勇隊」「大高搜索隊」……

鬼影之兵入叢林，如縱虎入山，排灣鬼影
　　兵、魯凱鬼影兵、泰雅鬼影兵、賽德克鬼
　　影兵、阿美鬼影兵──

各族競相賽勇士，穿梭叢林如入無人之境

澳洲軍軍營無一安寧

東營半夜受襲，西營黎明又受爆破

軍營探照燈四處探索

只在爆炸閃光中偶見森林深處鬼影一閃即逝

高砂義勇兵備糧二星期

一入黑暗叢林三個月

返回司令部個個壯如昔

告之，叢林之內山豬、大鳥、野菜處處是，

司令搖頭苦笑，日軍不比台灣蕃人。

台灣義勇兵榮頒褒揚狀

三萬日軍入叢林，軍略斷然遭否決。

無敵皇軍不若台灣蕃人！

天皇神兵不如台灣鬼影兵團！

〈食牛肉與食人肉的兵〉

美澳聯軍如蟹之雙螯
分由荷蘭迪亞與艾塔佩鉗形攻來
高砂義勇兵隊奉令再入叢林
出沒托里切利山脈
伺機伏擊澳洲軍減緩其追擊

高砂兵團即如猛虎兵團在林中縱橫
他們五官敏銳
眼、耳、鼻、觸皆如雷達
三百公尺外便探知澳洲軍蹤跡
猛虎潛至
槍響之後，留下三具屍體

餘軍落荒隱入黑暗叢林
高砂兵繳獲敵兵背包牛肉罐頭,
大快朵頤敵兵美食之餘,有兵脫口而出:
敵軍吃牛肉,據聞我軍卻有餓兵吃人肉!
眾皆默然。

高砂兵在黑暗叢林潛行
路經原住民部落皆空村
部隊採椰、挖蕃薯以爲糧
行行復行行
偶遇伏擊,知叢林原住民亦有爲敵矣!
行行復行行,
霍見叢林內落單日兵兩三人
行止如鬼魅,眼神泛藍光
林蔭深處火光隱隱
指揮官喝令「莫視!速行!」
有兵輕聲巧言「食人肉!」

隊伍最後方一兵向希熙里耳邊私言：
「吾去！隨後追上！」
閃身自後隱入草叢中。

黃昏將至，游擊隊在河谷歇息
霧社川中島高砂田中來富失蹤了，
迷路了嗎？逃兵了嗎？
叢林對高砂如家園，迷路不易，
陣前逃亡，對高砂未曾有過。
田中來富發生何事？
田中來富！田中來富！田中來富！
高砂隊員在山谷中呼喊，指揮官厲聲制止
月亮剛上樹梢
鬼一般的田中來富回到隊伍
報告！滑落山崖，摔傷了腿。
馬鹿野郎！阿胡！何以不求救？
田中來富瘸著腿任由指揮官喝斥

夜宿山谷

田中來富私語希熙里：

「拿了三個頭，掛在樹上，吃同袍的人肉無法原諒！」

希熙里霍然坐起：

「阿胡！把人頭掛樹梢洩了自己的底！」

〈敵之武士道〉

叢林清晨起霧

氤氤靄靄 推推湧湧

整片樹林罩在濃濃霧中，只樹梢露在霧層外

高砂們在樹根下，以樹枝斜搭成掩體屋如獸
　　般熟睡

露水偶爾滴下，沾濕軍毯

「庫里，希熙里！」

兩人敏捷如猿，迅捷坐起迴身拿槍

卡魯庫在掩體屋外向他們招呼

成合正治少佐隊長正站立在屋外

「敬禮！」

「輕聲，子彈上膛，跟來。」

敵人澳洲軍一隊從前晚被發現駐防河對岸。

黑暗叢林和霧氣掩蓋著高砂隊的存在。

清晨時分，澳兵派人下河取水。

一個兵提著水桶，下到河畔汲水

第二個兵在斜坡接水

第三兵在岸上

「瞄準第一兵。」

「擊て！（開火！）」

群鳥從林中驚飛，飛入霧中。

中槍敵軍，半身栽入水中。

第二兵，忙上前將其拉起

「擊て！（開火！）」

第二兵，倒在第一兵身上。

第三兵，跳下河岸，奮勇衝上前搶救第一兵、第二兵

「擊て！」

第三兵應聲中槍。

叢林中跑出一小群澳兵，開槍回擊。

第四兵，跳下河岸嘗試搶救同袍。

「擊て！」

第四兵倒下。

第五兵，第五兵倒下！

第六兵，第六兵倒下！

第七兵，第七兵倒下！

河對岸響起了密集的機關槍聲。

「退！」成合少佐一聲喝令。

四人氣喘如牛，坐在叢林巨樹下。

「報告大隊長，敵人何以如此愚蠢？一人中槍，卻仍一再下河救人？」

「武士道精神のある敵、恐るべし！」

（吾輩當畏懼！敵亦有其武士道！）

成合少佐嚴肅回答，臉色冷若冰霜。

附註：參考林榮代著《台灣第五回高砂義勇隊》對成合正治少佐之訪談。

〈慰安婦和遠方的基督〉

不可思議的兩百天,
攀越山嶺下切河谷,再攀越山嶺
隱入雲中為仙,走入陰暗河谷為鬼
橫切一千公里
偶遭澳洲軍及土蕃部隊突擊
高砂義勇隊在暮色中猶如魔鬼部隊
從叢林中陸續走出
集合在努波克(Numokum)司令部前
「高砂游擊部隊報到!」成合少佐向司令部
　　上報。
「全員200名,戰死21名,傷者12名,到
　　達179員,完畢!」

高砂義勇隊肅穆無聲。
司令官尊敬向成合正治少佐行舉手禮。
司令官背後參謀有低泣聲。
洗浴、換裝、米飯溶進味噌湯
兩百天來的盛宴。
「台灣高砂魔鬼部隊」盛名傳遍整個軍部。
榮譽休養假期一星期,
每人分得「慰安票一張」
「每人必須去慰安站接受慰安,這是陛下恩
　典,不得違令!需繳回票根!」
全員三呼萬歲。

弦月高掛椰子樹梢
希熙里、田中來富同坐慰安站外椰子樹下
兩人沒進慰安站
田中來富來自霧社川中島
是霧社事件遺孤

被派出所警部指定洗刷「國賊」恥辱而參軍
霧社川中島慘事歷歷
祖父、父親隨同莫那魯道死
母、姊復又因川中島被日警唆使的道澤社突
　襲死
塊肉餘生何忍淫人姊妹？
田中來富向希熙里娓娓傾訴
你呢？你又有何苦衷？
希熙里沉默不語
擡頭望著掛在椰子樹梢的弦月

聽見了！
是嗎？那是風吹熱帶椰林的聲響？亦或那
　是遠方越洋飄送而來的情人的鼻笛情
　歌？

上霧臺大頭目家定期的禮拜聚會

牧師講了基督的故事
石板屋內信徒不及三十名
聖壇只有形式木桌和十字架
這是日本人容忍的極限
杉瑪每週來此禮拜
自從希熙里去了南洋戰場
她的鼻笛不再在部落的瀑布旁吹奏
而在上帝的石室
聖詩、聖歌之後,便是她的鼻笛歌頌
悠揚婉轉的笛音繞著石室聖堂裊繞
尾音拉得又細又長
下一個音牽著上一個音
綿延不絕繞著石室教堂飄揚
我傾慕的人啊,你安然嗎?
笛聲似乎如此問候
在戰火中,你得步步小心
笛聲如此叮嚀

你得活著回來，基督將護衛著你
笛聲如此祈禱

杉瑪的笛聲由基督帶著，飄過浩瀚的海洋
鑽入坐在南方熱帶椰樹下的希熙里耳膜中
　了吧？
希熙里全身如溫熱電流流過，起了輕微的顫
　抖。
阿們──
聚會在再次頌揚基督聖歌中結束
「杉瑪姊妹，杉瑪侄女，一切在主護佑中，
　妳得寬心！」
杉瑪走出聚會所，頭目夫人在她額上輕輕一
　吻
杉瑪猶如觸電
她想到希熙里出征前在她額上的一吻。

〈死亡奔跑〉

日軍第十八軍在艾塔佩（Aitape）坂東川被美澳聯軍擊敗。

如潰堤之河水，洶湧往威瓦克（Wewak）方面撤退

第四十一師團清津少將率殘兵 250 名防守最後堡壘

250 名分兵 100 名朝鮮兵由日軍指揮官在叢林邊緣第一防線。

朝鮮兵已缺糧、缺彈近一週

努波克（Numokum）司令部受命救援

來自阿猴阿禮部落的春田進（族名：柏魯達蘇）

別號叫「跑得比雨快」(註) 的勇士柏魯達蘇
受令背起三十公斤糧食優先一天起跑
他將穿越沼澤、叢林，並越過險峻的山路
他無法抄近路沿著海邊跑，
因海邊隨時有敵人的炮火，
穿越叢林的路徑將遠達近百公里，需要三個
　　太陽，四個月亮，不停奔馳，
「跑得比雨快」的柏魯達蘇願以祖先的榮耀
　　自請為救援第一人。
後續十人將慢一天準備妥當背包才出發。
柏魯達蘇救援前線如火急
如山羌奔馳，如猿猴攀藤盪過沼地
如野豬躥過莽原，在獸徑奔跑，從木漏 (註)
　　的空隙中探索太陽、星星的方向，砍斷蔓
　　藤張口飲水……。
救援，救援，救援……。
柏魯達蘇腦海中只迴盪這個意念。

「我是跑得比雨快的魯凱人」
「我是跑得比雨快的魯凱人」……。
這是柏魯達蘇在胸臆中唯一的迴聲。
「我不是奴隸，我要救人，我不是奴隸」
柏魯達蘇邊跑邊喃喃唸著。

失去了晚上、白天的界線，失去了太陽、月亮的分別。
柏魯達蘇無法掌控腳步向前邁進的動作。
救人，救人，救人，我不是奴隸，我不是奴隸，我是跑得比雨快的尊貴的魯凱，我是跑得比雨快的尊貴的魯凱……。

五天後，高砂後續救援小隊在成合隊長帶領下到達。
足量的糧食和子彈，但清津少將決定撤退。
敵軍已有一萬向前攻來。

柏魯達蘇士兵始終沒有到達。

逃兵了嗎？迷路了嗎？出意外了嗎？

成合少佐對屬下生死耿耿於懷

清津少將下令餘部撤入叢林

在叢林小徑，離最後防線不及一時辰處發現了柏魯達蘇的遺體。

在乾溪小徑旁，顯係力竭而死

糧包紮實，包裝一如出發之時從未打開，食物一包未少。

台灣高砂隊友有人飲泣。

朝鮮兵隊中卻有人以日語輕語：

「台灣愚忠高砂蕃人，豈有讓自己餓死，咱韓人才不幹此蠢事…」

啪——。

輕脆一巴掌。

朝鮮兵兵長金在淵憤怒返身一巴掌打在閒言者臉上：

「馬鹿野郎——，汝何出無知之言？此人乃為救吾韓人之恩人，汝出此言，豈非羞辱吾韓人不知恩義？速速收回此言！」

柏魯達蘇被切下食指，以為遺骨。（註）

清津少將慎重埋葬柏魯達蘇。

「全隊聽令！」清津少將嚴肅下令。

「敬禮！」

聲入天聽。

註1：「跑得比雨快」，屏東魯凱族人祈雨祭典，部落選出跑步最快者，在祈雨儀式中，烏雲至，巫師唸咒，下令跑步者往山下跑，直到被雨淋到之處，即象徵今年將有雨量豐沛之處。跑得快，範圍大者，將得藍腹鷴羽毛一支象徵榮耀。

註2：木漏：日文，指日光自密林樹葉縫隙中灑下之處。

註3：日軍戰地習俗，戰死者被切下食指以代替遺骨。

註4：〈死亡奔跑〉原型故事源自蔡岳熹醫生訪談錄《叢林中的山櫻花》一書中，有關朝鮮兵金在淵的口述。

〈へへ、まさかこんな終わり方になるとは……〉
（嘿嘿，我竟然如此死了…）

　　飢餓、飢餓、飢餓
　　叢林無所不有，叢林空空皆無
　　叢林充滿生機，叢林遍佈死亡
　　叢林是天堂，叢林是地獄
　　叢林是高砂兵的家園，
　　叢林是敗退日本兵步步驚魂的流沙之坑，
　　高砂兵視叢林如天賜的大菜園，
　　他們捕獲雀鳥、獸類，剖開胃部殘餘判斷無
　　　毒、有毒植物

他們設計陷阱，拉動綁在樹上的步槍
射殺野豬，也射殺敵人
敵人的肉體有時也變食物
白人澳洲兵叫「白豚」
澳洲土著嚮導叫「黑豚」
叢林四處是食物，一個失誤
日本兵、高砂兵也會成為土著食人族的食物
叢林中，文明澳洲兵吃牛肉罐頭，不文明的
　　敗兵吃一切「會動的鮮肉」。

飢餓、飢餓、飢餓⋯⋯
飢餓使文明失去意義和界線
「報告，前方發現河流深潭。」
成合少佐正出外巡導，大隊長不在。
「跟我來，帶上手榴彈！」
外號關西混蛋的北平兵長一跳而起
三人背槍跟上。

「聽口令，1，2，3，丟！」

轟然悶響，潭面震起大面積水珠，迅即恢復平靜。

大批震死魚群浮出水面，部份仍掙扎擺動尾巴。

食物、食物、食物！

三個兵，用藤蔓串滿魚，扛著魚歡欣回營。

半途，北平兵長突然想起什麼，

「不是有炸死兩條鱷魚嗎？食物！那才是重點，你們快回去扛！」

全隊歡呼震天，成合少佐看著滿地的魚卻面若寒霜不置一語。

飢餓、飢餓、飢餓，

叢林對峙的澳兵吃牛肉罐頭

散落敗兵日軍，游蕩叢林偶而成為吃人魔獸

成合少佐的台灣高砂兵卻從不缺糧

野菜、大鳥、山豬，

偶爾神出鬼沒突襲澳洲兵軍營搶糧
一個月，竟可扛回四十頭野豬。
成合游擊隊乃「神奇游擊隊」，名聲不脛而走
一入叢林，兩個月全無音訊
滅了嗎？還存在嗎？只聽到澳洲軍營被神
　秘爆破，可以嗅聞他們仍存在的痕跡。

「不好啦，綿貫兵長中槍！」
成合少佐、矢羽田少尉魚貫而出
綿貫兵長躺在椰子樹葉編成的擔架上
從叢林搶救他出來的高砂兵神色安定
綿貫誤踩陷阱，被步槍當山豬射中頭部
雖命中要害，綿貫仍清醒
　「へへ、まさかこんな終わり方になるとは
　　……」
　（嘿嘿，想不到，我竟然會這樣就死了
　　──）

他對著表情凝重的成合少佐說了奇怪的遺言
半夜，綿貫兵長斷氣死了，
詭異陣亡，荒唐陣亡。
百戰不死的戰士，死於自設的山豬陷阱。

〈被神明「注文」生命的小俣洋三〉

嘿嘿，我竟然如此死了？
噯噯，我為什麼會活下來啊？
誰出考題？誰能答卷？
從司令官到傳令小兵，在戰場死神每天給予平等的考試。
帶著八幡大神護身符的，下一秒被打穿了頭
熱田神宮社官的兒子，下一秒，被手榴彈炸得腸子掛在樹梢，
長崎來的，胸上有新潮西方十字架項鍊的士兵被機關槍子彈貫穿了胸膛
有祖靈庇佑，有媽祖庇佑的台灣來的高砂

兵、志願兵死狀沒有更優美
這是阿鼻地獄，這是戰場！
在新幾內亞叢林和澳洲軍隊遭遇激烈槍戰，
高砂義勇隊齋藤分隊混雜在日軍中吶喊衝殺
信耶穌的澳洲兵，紛紛倒下

台灣高砂隊指揮官小俁洋三中尉衝出戰壕
吶喊著把指揮刀揮向前，便失去了知覺，
一顆手榴彈在他眼前炸開
小俁中尉在高砂兵的背上醒來，
他被搶救回陣地，胸膛一片血漬
醫護兵用剪刀剪開衣服檢視，搖搖頭。
六名台灣高砂兵拖來椰子葉編成擔架
小俁洋三中尉只聽到醫官「港口」這字眼
便昏昏沉沉，像慶典坐在山車上的神明
搖晃著，搖晃著……。
清醒時，聽著高砂兵嘰哩咕嚕交談

彷如神官唸的咒語

昏睡時如在船中擺盪，

小俁只感覺經過了白天和黑夜，

台灣高砂兵輪番奔跑，

偶爾有人砍斷藤，將水滴入他口中，

有時又把烤熟的鳥肉嚼碎

如母鳥餵食小鳥餵他，

奔跑，奔跑，奔跑……。

小俁似乎看到故鄉神社的大明神

雙眼圓瞪，豎劍噴火

火的熱度使他胸口灼熱，喃喃自語，

黑夜過去，白天來臨，又來黑夜……。

再醒來時，他已在海邊港口，

他依稀知道他被送上了貨船。

六名台灣高砂兵在岸上一字排開

領頭一名下口令：「敬禮！」

高砂兵行了舉手禮

小俣洋三中尉想爬起來回禮
胸部一陣劇痛，跌坐在擔架上
岸上除了高砂兵，沒有一名日本軍
勇猛的帝國軍人，生平第一次嚎啕大哭。
聲入天聽。

後言：
（1）小俣洋三從威瓦克（Wewak）坐貨輪往馬尼拉途中被美軍炸沉，小俣被日軍潛艇救起，送往日軍馬尼拉軍醫院救治，清除創口蛆蟲，但發現手榴彈破片太接近心臟，決定送回日本內地救治，途中所乘之軍艦又為美軍潛艇擊沉，小俣再次獲救送往基隆，在基隆迎接了終戰，體重剩 45 公斤，回東京手術，痊癒，戰後得高壽，小俣洋三因之被稱為「被神明注文生命的人」。
（2）故事引用自蔡岳熹醫生所著《叢林中的山櫻花：高砂義勇隊 28 問》。

附註：「注文」是日語，也轉用台語，「事先指定」之意。

〈猛虎的撲擊〉

日軍第十八軍瀕死的賭注

瘋狂的反撲

艾塔佩對美澳聯軍逆襲

坂東川血流漂杵，滿佈日軍屍體

勢如潰堤的日軍如喪家之犬

往威瓦克（Wewak）急撤，十不及三

澳軍追擊，步步追魂

成合少佐、大高上尉、石井中尉重整各游擊單位

組成高砂兵精英三百為中心，退入叢林

「猛虎挺身隊」臨難組成

高砂猛虎參差不齊，長者28，幼者17

以三百對追兵一萬，在叢林周轉對峙
林道內哀號遍野
敗退日軍遺體散佈林道兩旁
引來野狗拖入林中啃噬
重傷者哀號終日直至斷氣
美澳軍坦克追兵奔馳林道內
竟不搬離日軍屍體呼嘯直輾而過
屍身與濕泥混為泥濘
瘋狂、瘋狂、瘋狂……

在青天照見不及的陰暗叢林
人人化為厲鬼，獰笑遍佈森林
號稱正義之師的美澳聯軍亦有瘋狂者
砍下死亡日軍頭顱，置於坦克塔頂
喊話示威叢林中的日軍敗兵
威懾速速投降
台灣高砂窺見此景象勃然大怒

屢向上司請命出草

「爾等欺人太甚，野蠻如此！吾高砂人，昔日獵首，乃爲儀式或宣示地盤，以智力、武力、威勇相搏，輸者無憾，豈有偷砍死人之首，可恥至極，吾等請命獵首，以雪吾軍之恥！」

日軍諸軍官面面相覷，無有言者。

成合少佐閉目沉思，突然睜眼以武士之姿霍然而起：「喲西——，准！」

夜色降臨，高砂兵10人摸索至澳兵營地。

高砂兵夜視能力驚人，

五官感知異於日軍，在夜色中俱如猛虎，

不及一個時辰，澳洲軍周邊守備六人皆已失去頭顱

澳洲軍營內，渾然不知，猶在爲白天的勝利喝酒高歌。

高砂隊在每一營舍安裝炸彈。

並把敵首懸掛於營外高樹上。

其中一首綁於旗桿繩索,如升旗升上桿頂。

炸彈連番爆炸,營區內警報大響,探照燈四處探照。

澳洲軍看到的,只是數個鬼影在森林內一閃,便消失在漆黑的夜裏。

探照燈閃過國旗桿,澳洲軍看到一顆血淋淋滴血的人頭⋯⋯。

噗通!打燈的兵,腿一軟,昏倒在地。

附註:情節引用自林榮代著《台灣第五回高砂義勇隊》對成合正治少佐之訪談。

〈玉碎與審訊〉

彈盡援絕，叢林猛虎撲擊復撲擊
澳洲軍聞風喪膽
四處傳播，叢林有日軍忍者兵團
移形換影
被爆炸的澳洲兵營傳說
只看過忍者兵團的影子
軍營爆炸，兵器糧食失蹤，
澳洲兵頭顱被掛在樹梢
殘忍的「忍者兵團」，澳洲兵營心戰喊話，
用日語宣稱：
「速速投降，否則戰後審判，全部吊死！」
澳洲兵營周邊全以鋼琴線懸吊手榴彈為陷阱

高砂兵機警如貓
炸了軍營
當夜轉進十公里外
再次突擊！
三百老虎兵終究難敵一萬美澳兵團
高砂兵失去三十員
決戰時刻已迫近，老虎隊人人有覺悟
玉碎的組隊已完成
斬人隊（斬込隊）已組成
每小隊七人
未婚、父母已逝者、家有兄弟者先行
依次排列，直至全員玉碎
首批決行日，定於九月一日晚上
前晚告別式，日本軍官取出餘酒
共飲、共舞，武士之後的成合少佐吟哦「敦盛」。
高砂兵，各依其族，輪跳戰舞……。

暗黑叢林，營火嗶剝
火舌迎風，忽東忽西，
人影幢幢，狂亂悲壯。

八月十九日晨，每兵檢查身上手榴彈、炸藥，肅然無聲。
一兵狂奔而至，大喊：「中止！中止！」
傳令兵帶來司令部命令「停止攻擊！天皇玉音已廣播，日本已投降！」
全隊呆若木雞，指揮官面如寒霜捧讀電文。聲如喃唸佛教經文。
一軍官，突孤聲飲泣⋯⋯。

戰勝者是上帝，戰勝者審判一切，
戰敗者是羔羊，
戰敗者等著被點名到屠宰場。

叢林中的台灣高砂義勇隊併日軍指揮官被
　　集結至威瓦克（Wewak）。
猛虎挺身隊在叢林中獵首的行動被指斥太
　　殘暴，被指控戰爭罪行
指揮官、高砂隊全體將接受軍法調查。
審訊法庭在外海孤懸的穆休島
在船上，指揮官和高砂隊串好口供：
猛虎隊已在櫻陣地戰全員玉碎！
穆休島上，美澳審訊軍官坐成一排
室內背後有澳洲國旗、星條旗和耶穌像
這是正逢耶誕節的審訊
美澳審訊官的審問經由翻譯
句句高傲犀利如刀
成合少佐、大高上尉、石井中尉、高砂義勇
　　兵眾口一致：
從未獵首！獵首猛虎隊已全員戰死！
審訊團勃然大怒，揚言再說謊將全員吊死。

這是戰勝者的狂言，戰勝者的表演

成合少佐站起冷然發言：在叢林戰死日軍屍身亦有十多具失去首級，請問澳洲軍亦有獵首者乎？

眾審訊官面面相覷。

澳洲軍營此時傳來耶誕歌聲，

歡呼，喝采，飲酒，狂舞，慶祝勝利之聲傳入審訊庭內……。

審訊官們鬆弛了肅殺臉色

主審官霍然站起轉為笑臉

「審訊至此結束，Merry Christmas!」

向日軍，高砂隊全體行了舉手禮。

成合少佐迅即舉手回禮，並以日語大聲回以「メリークリスマス！」（聖誕快樂！）

被審訊的全體台灣高砂兵隊被以引擎船送回威瓦克。

船尾拖曳洶湧浪花……。

全船沉默無聲，盯著浪花四濺。
成合少佐喃喃自語：
「やっと終わったのか。」
（總算結束了！）

〈返鄉〉

1946 年 1 月 14 日
殘餘台灣高砂義勇隊和日本指揮官及台灣志願兵共五百名
在威瓦克（Wewak）等待巡洋艦以返鄉
期中，方聞知噩耗如雷擊
前一年一月從威瓦克滿載第三回高砂義勇隊返鄉的船艦沉沒了
一枚美軍魚雷在荷蘭迪亞（Hollandia）外海擊中戰艦使其沉入大海
第三回高砂隊共征召 414 名，
原先陸戰戰歿 42 名，3 名住院
7 名奉命先遣送遺骨返鄉，

原先這 7 名戰士抗命，因同族戰士猶在戰場
離隊先返，有違台灣高砂「勇士之道」
將遺羞部落
但軍令森嚴，指揮官斥以：向遺族報告武士
　　義行乃眞正「武士之道」！
循「武士之道」乎？循「勇士之道」乎？
七人含淚先返台送遺骨，竟成同袍永別。
高砂第三回 362 名在魚雷轟然巨爆聲中永沉
　　南國大海，無一生還。
奔馳於台灣的山地之雄，卻死而爲海波之
　　鬼。
高砂勇士無以想像的死亡，
如今在威瓦克等待返回台灣的第二批高砂
　　隊望洋驚悚……

一個月後，第五回高砂隊終於登上巡洋艦返
　　鄉，

〈返鄉〉

戰爭已結束，海面下已無魚雷威脅，
但四處流動水雷仍未被清除，
「前方水雷！」
觀測兵撕破洋面的嘶喊
甲板上橫躺的高砂迅即全數跳起。

運兵船安全抵達基隆，歸期遲延半個月
萬歲！萬歲！勝利！勝利！
碼頭被動員人潮洶湧，滿到街上
鑼鼓喧天，手旗狂舞
萬歲！萬歲！萬歲！
和出征前夕碼頭雷同的口號
日語，中國語，台灣話，乍聽皆一樣
勝利！勝利！勝利！
打了敗仗回來，何以人群皆呼「勝利」？
被不同政府動員的吧？
台灣志願兵走在前頭。

歡迎歸來台灣！
台灣話吶喊聲一片。
日本軍官、台灣高砂兵陸續走在隊伍後
群眾沒人拍手，沒人用日語歡呼
台灣高砂兵整齊走過
有人竊竊私語：
加黎啊，加黎啊，加黎啊──
招搖的旗海仍是太陽旗
出征時的太陽旗，白底紅太陽
現今碼頭一片太陽旗，
白色太陽，青天之下一片紅，
台灣高砂兵手足無措，他們無法理解
在新幾內亞他們偶爾聽懂幾句土著語言，
回到故鄉，他們聽不懂眼前人群的語言，
台灣高砂兵，失去了日軍同袍，
也失去從故鄉一起出征的族人，
他們知道自己打了敗仗，

〈返鄉〉

但眼前的人們卻喊說是「勝利」？
碼頭上的人們確確實實喊著「萬歲」！
那麼是誰「輸」了？
高砂兵只想回家，
只想趕快離開他們不理解的地方。
他們想回到有溪水唱歌，有雲霧裊繞，有野獸奔竄的祖靈永居之地。
高砂部隊走到街的盡頭一間偏僻的廟庭旁整隊
日軍指揮官成合少佐致詞：
「各位同袍，我們在此再見了，我們將在此等待數日，乘船返回日本，我代表日本戰友向各位致謝，各位是我見過最英勇的戰士，如果沒有諸君，我輩無法活存至今日，吾代表全體日本軍官向各位戰友致敬，日軍戰友，聽我命令！」
成合少佐雙腳一靠，肅然率全體日本軍官向

高砂兵行舉手禮。

「敬禮！」

高砂兵隊中跑出一兵，向成合少佐大聲說：

「報告大隊長，有一天我將去日本找你，如果我無法找到你，我會交代我兒子、孫子去日本找你的後代！」

成合少佐回禮，朗聲說：

「我們在此便作武士的盟約吧，我以『武士道』向你們『高砂』致敬！我將來一定回來台灣看你們，你們是世界上最偉大的戰士，我以曾經作為你們的戰友，為此生最大的光榮，諸君保重！」

聲入天聽。

〈共枕〉

返鄉路迢迢，故鄉似異鄉
火車過了一站又一站
從白天到黑夜又白天
霧社高砂在台中站下車了，
他們仍有漫長的返鄉路
互把手腕，相約有生再見
阿里山高砂在嘉義站下車了，
族人相迎，他們要轉森林鐵路回部落
舉手軍禮，相約來年上到阿里山參加祭典
高雄站，高砂布農下車，回到山裏仍遙遠
轉車到屏東
一長列高砂排灣、魯凱茫然步出車站

部落頭目，警察和族人，十多輛牛車
已在站外等了一天又一夜
自從鄉公所在部落敲鑼通知他們要回來
家家戶戶四處探聽，到底有誰還在呼吸？
沒有歡呼，見到高砂，人人上前，緊緊擁
　　抱，淚如雨下，牽著往牛車走去。
站在牛車上，分部落離去；
高砂默然站立，
互以舉手禮目視，無聲道別。
車站白浪人群紛紛投以怪異眼神相送
如欣賞迎神賽會
庫里、卡魯庫、希熙里乘牛車至山下
步行山徑返回部落
部落父老親族前呼後擁
檳榔，米酒，族歌，舞蹈，拉手，擁抱，親
　　吻……。
回家了！

三人眼淚四濺，互擁喃喃自語。

嘻呦，嘻呦，哦——嘻呦——

三人披上長老絷在肩上的紅布加入舞群。

嘻呦，嘻呦，嘻呦，——嘻呦——

加入舞群的族人越拉越長，一直舞向部落後方。

庫里、卡魯庫、希熙里父母親友全加入了舞的長龍。

希熙里淚眼汪汪，

他試圖從模糊的視線中尋找一個影子

一個在瀑布前吹鼻笛的倩影

一個在南洋月光椰影下浮現腦海中的影子

一個在生死邊緣支撐他活下來的影子

他在淚眼中偷偷搜巡

如獵犬般閃電搜巡

倩人杳然。

倩人已逝
希熙里返鄉前半年
杉瑪已因傷寒病逝
希熙里在南洋征戰
杉瑪在上霧臺大頭目家基督聚會所
牧道歸依上帝
她把愛給了上帝並成為傳道
她每晚為希熙里向上帝祈禱他平安回來
她把一切信靠放在上帝掌中
上帝應許了她
希熙里平安回到了部落
但杉瑪去了天國
臨終之前
一個身壯黝黑的部落少男
在杉瑪傳道額上輕輕一吻
杉瑪看到天門開了
希熙里的身影從天門上徐徐降下……。

希熙里知悉了杉瑪的最後,
他向杉瑪的父母提出了要求
准許他在杉瑪的墓前睡一晚,
這是很無禮的要求,尤其是一個平民向貴族
　　提出。
但杉瑪已是基督的子民
基督子民沒有貴族和平民
杉瑪的父母意外應允了希熙里的要求
月亮高懸在瀑布旁不遠的墓園
月芽兒勾住了檳榔樹梢
希熙里放聲唱著:
我今晚和妳如此貼近,
我今晚和妳如此遙遠,
我如誓言回來了,
我今晚來陪妳共枕⋯⋯。

〈終曲〉

朝陽由山頭躍出

群犬如箭矢射向密林

吠聲忽東忽西，在群樹中轉彎

庫里、卡魯庫、希熙里手持長矛

奔馳如風

這是三人戰後返鄉首次共同狩獵

今天他們是：

生命的摯友

叢林的山風

庫里、卡魯庫、希熙里自戰地回來

部落逐漸成為陌生部落

派出所警員換了新制服

說著捲舌的陌生語言
部落孩子到學校學新國語
老人家躲到山裡工作
中年人由喝太白酒到喝米酒
沒仗可打的戰士進山林打山豬
庫里、卡魯庫、希熙里只有在山裡彼此或和
　　獵狗說日語和族語
部落的山不若新幾內亞的叢林茂密
部落的山豬不若新幾內亞的山豬痴肥
部落的山林更陡峭
鍛鍊台灣的山豬更健壯兇猛
庫里、卡魯庫、希熙里復習叢林的戰術
獵犬先導，三面驅趕野豬至絕壁峽谷
咻——嗶——
三人三面，口哨為號
縮小，縮小，再縮小
包圍圈終把野豬逼入口袋峽谷

一隻母豬，帶著兩隻小豬
群犬圍住狂吠
只等待最後的擊殺
「庫洛！阿里基！」
希熙里喝住了即將衝前的獵犬
母山豬豎起了鬃毛，滿嘴口沫，擺出拚死的
　　姿態。
希熙里看到了稀有的通紅的豬眼睛
他和母豬對望良久，
「放了！」
希熙里轉頭向庫里、卡魯庫說。
「放了──」
希熙里加重語氣喝了一聲。
庫里、卡魯庫會意點頭。
三人叫回了狗，緊緊抱著，不讓牠們掙扎想
　　向前衝。
母山豬看到缺口，立刻帶著小豬衝了出去。

矮灌叢興起一陣漣漪顫動。

這生命的顫動，似乎使整座大山也震動起來……。

「武士道精神のある敵、恐るべし！」

（吾當畏懼，敵亦有武士之道！）

希熙里想起什麼，以日語吟哦而出。

山風微微，吹拂過龐大山麓的森林。

2024.5.5

國家圖書館出版品預行編目(CIP)資料

高砂 / 吳錦發作. -- 初版. -- 臺北市 : 前衛出版社, 2024.12
　　面；　公分
ISBN 978-626-7463-73-4(平裝)

863.51　　　　　　　　　　　113017042

高砂

作　　者	吳錦發
責任編輯	番仔火
美術編輯	宸遠彩藝
封面設計	兒日設計

出 版 者　前衛出版社
　　　　　地址：104056 台北市中山區農安街153號4樓之3
　　　　　電話：02-25865708 ｜ 傳真：02-25863758
　　　　　郵撥帳號：05625551
　　　　　購書・業務信箱：a4791@ms15.hinet.net
　　　　　投稿・代理信箱：avanguardbook@gmail.com
　　　　　官方網站：http://www.avanguard.com.tw
出版總監　林文欽
法律顧問　陽光百合律師事務所
總 經 銷　紅螞蟻圖書有限公司
　　　　　地址：114066 台北市內湖區舊宗路二段121巷19號
　　　　　電話：02-27953656 ｜ 傳真：02-27954100

出版日期　2024年12月初版一刷
定　　價　新台幣250元
ISBN　　 978-626-7463-73-4（平裝）
E-ISBN　 978-626-7463-71-0（PDF）
　　　　　978-626-7463-72-7（EPUB）

©Avanguard Publishing House 2024 Printed in Taiwan.
*請上『前衛出版社』臉書專頁按讚，獲得更多書籍、活動資訊
　https://www.facebook.com/AVANGUARDTaiwan